CHATEAUBRIAND

PROPHÈTE

AVENIR DU MONDE. 1834. — CONSIDÉRATIONS SUR LE GÉNIE DES HOMMES, DES TEMPS ET DES RÉVOLUTIONS (extrait). 1836. — WASHINGTON ET BONAPARTE. 1827.

Dieu le veut! Dieu le veut!

Cri des Croisés.

PRIX : UN FRANC

PARIS
E. DENTU, LIBRAIRE-ÉDITEUR
PALAIS-ROYAL, 17-19, GALERIE D'ORLÉANS

1873

CHATEAUBRIAND

PROPHÈTE

AVENIR DU MONDE. 1834. — CONSIDÉRATIONS SUR LE GÉNIE DES HOMMES, DES TEMPS ET DES RÉVOLUTIONS (extrait). 1836. — WASHINGTON ET BONAPARTE. 1827.

Dieu le veut ! Dieu le veut !
Cri des Croisés.

PRIX : UN FRANC

PARIS
E. DENTU, LIBRAIRE-ÉDITEUR
PALAIS-ROYAL, 17-19, GALERIE D'ORLÉANS

1873

Dans l'*Avenir du monde* (1834), dans les *Considérations sur le génie des hommes, des temps et des révolutions*, qui précèdent la traduction du *Paradis perdu* de Milton, publiée en 1836, Chateaubriand parle de l'avenir dans la grande langue des prophètes. Sa raison domine tous les champs de la politique, tous les intérêts de l'humanité, d'une hauteur incomparable. La place que tient Milton dans la littérature anglaise, le rôle qu'il a joué dans une révolution où, par la nature de ses opinions, il apparut comme un précurseur des idées et des besoins révolutionnaires de nos jours, conduisaient naturellement l'illustre traducteur à mêler dans ses considérations beaucoup d'hommes, beaucoup d'objets qu'on ne se serait pas attendu à rencontrer dans un même livre. C'est là, et dans le premier morceau destiné à faire partie des *Mémoires d'Outre-Tombe,* qu'on trouve les hautes convictions, pour ainsi dire involontaires, des dernières années de ce grand et vigoureux esprit. Il n'a été donné qu'à un bien petit nombre d'écrivains, après avoir touché, dans le cours d'une longue vie, à tout ce qui est objet de science et de discussion parmi les hommes, d'avoir le temps et le droit d'attacher à leur œuvre une conclusion. Nous avons le dernier mot de Chateaubriand, et ce mot, ce n'est ni la monarchie, ni l'aristocratie, ni même le gouvernement représentatif, c'est quelque chose de plus digne des efforts et des sacrifices de la génération vivante, c'est la révolution sociale. La tâche est si grande, que l'imagination la plus hardie s'en effraie, et nous ne sommes pas étonnés de l'espèce d'incrédulité que rencontraient dans M. de Chateaubriand ses propres convictions. La République, que M. de Chateaubriand apercevait dans un avenir très reculé, était cependant moins éloignée du gouvernement bourgeois du temps où il écrivait, que ce gouvernement lui-même ne l'était des pompes aristocratiques et du bon plaisir royal du vieux Versailles. La République est venue quelques années à peine après que le grand écrivain l'eut annoncée au monde avec le sûr pressentiment du génie. Etouffée pour un temps par le césarisme, elle est pour la troisième fois revenue. Deux trônes ont été renversés depuis que ces prédictions ont été publiées : l'un du vivant même de Chateaubriand, quelques mois avant sa mort, en 1848, l'autre en 1870, comme pour donner raison deux fois à cet esprit prophétique. Écoutons ces paroles enseignantes, magistrales, vraiment chrétiennes, que nous voudrions faire pénétrer dans les châteaux plus que dans les chaumières. Puissent-elles surtout servir de leçon, et décourager les vieux sophistes qui croient encore à l'avenir de la forme monarchique, et qui s'obstinent, dans leur ignorance, à ranger Chateaubriand parmi les défenseurs de leur cause perdue, quand Chateaubriand va au-delà même de la république simple, et annonce, sans hésitations comme sans ambages, la révolution sociale, l'avénement d'un monde nouveau !

Le magnifique morceau qu'on va lire a paru, pour la première fois, dans *la Revue des Deux-Mondes* du 15 avril 1834, à la suite d'un article de Sainte-Beuve intitulé: *Poëtes modernes de la France*, XI. — CHATEAUBRIAND. — *Mémoires.* — Cet article, consacré principalement à l'annonce des futurs *Mémoires d'Outre-Tombe*, dont quelques fragments avaient été communiqués à Sainte-Beuve, se termine ainsi: « Ne pouvant à loisir tout embrasser, nous finissons, pour donner idée des grandes perspectives qui s'y ouvrent fréquemment, par une citation sur l'avenir du monde, que la bienveillance de l'auteur nous a permis de détacher. Après avoir piloté assez péniblement le lecteur en vue de nos côtes inégales, nous arrivons avec lui à la haute mer, et nous l'y laissons. »

I

AVENIR DU MONDE

L'auteur, après avoir examiné la position sociale du moment, les fautes de tous les partis, etc., jette un regard sur les destinées du monde. C'est lui qui va parler :

« L'Europe court à la démocratie. La France est-elle autre chose qu'une république entravée d'un roi? Les peuples grandis sont hors de page; les princes en ont eu la garde-noble; aujourd'hui les nations arrivées à leur majorité prétendent n'avoir plus besoin de tuteurs. Depuis David jusqu'à notre temps, les rois ont été appelés; les nations semblent l'être à leur tour. Les courtes et petites exceptions des républiques grecque, carthaginoise, romaine, n'altèrent pas le fait politique général de l'antiquité, à savoir l'état monarchique normal de la société sur le globe. Maintenant la société entière quitte la monarchie, du moins la monarchie telle qu'on l'a connue jusqu'ici.

» Les symptômes de la transformation sociale abondent. En vain on s'efforce de reconstituer un parti pour le gouvernement d'un seul : les principes élémentaires de ce gouvernement ne se retrouvent plus ; les hommes sont aussi changés que les principes. Bien que les faits aient quelquefois l'air de se combattre, ils n'en concourent pas moins au même résultat, comme dans une machine des roues qui tournent en sens opposé produisent une action commune.

» Les souverains, se soumettant graduellement à des libertés nécessaires, se séparant sans violence et sans secousse de leur piédestal, pouvaient transmettre à leurs fils, dans une période plus ou moins étendue, leur sceptre héréditaire réduit à des proportions mesurées par la loi ; mais personne n'a compris l'événement. Les rois s'entêtent à garder ce qu'ils ne sauraient retenir ; au lieu de descendre le plan incliné, ils s'exposent à tomber dans le gouffre ; au lieu de mourir de sa belle mort pleine d'honneurs et de jours, la monarchie court risque d'être écorchée vive : un tragique mausolée ne renferme à Venise que la peau d'un illustre général.

» Les pays les moins préparés aux institutions libérales, tels que l'Espagne et le Portugal, sont poussés à des mouvements constitutionnels. Dans ces pays, les idées dépassent les hommes.

La France et l'Angleterre, comme deux énormes béliers, frappent à coup redoublés les remparts croulants de l'ancienne société. Les doctrines les plus hardies sur la propriété, l'égalité, la liberté, sont proclamées soir et matin à la face des monarques, qui tremblent derrière une triple haie de soldats suspects. Le déluge de la démocratie les gagne ; ils montent d'étage en étage, du rez-de-chaussée au comble de leurs palais, d'où ils se jetteront à la nage dans le flot qui les engloutira.

» La découverte de l'imprimerie a changé les conditions sociales ; la presse, machine qu'on ne peut plus briser, continuera à détruire l'ancien monde, jusqu'à ce qu'elle en ait formé un nouveau : c'est une voix calculée pour le forum général des peuples. L'imprimerie n'est que la Parole, première de toutes les puissances ; la Parole a créé l'univers ; malheureusement le Verbe, dans l'homme, participe de l'infirmité humaine ; il mêlera le mal au bien, tant que notre nature déchue n'aura pas recouvré sa pureté originelle.

» Ainsi la transformation, amenée par l'âge du monde, aura lieu. Tout est calculé dans ce dessein ; rien n'est possible maintenant, hors la mort naturelle de la société, d'où doit ressortir la renaissance.

» C'est impiété que de lutter contre l'ange de Dieu, de croire que nous arrêterons la Providence. Aperçue de cette hauteur, la Révolution française n'est qu'un point de la Révolution générale; toutes les impatiences cessent; tous les axiomes et l'ancienne politique deviennent inapplicables.

» Louis-Philippe a mûri d'un demi-siècle le fruit démocratique. La couche bourgeoise où s'est implanté le philippisme, moins labourée par la Révolution que la couche militaire et la couche populaire, fournit encore quelque sève à la végétation du 7 août; mais elle sera tôt épuisée.

» Il y a des hommes religieux qui se révoltent à la seule supposition de la durée quelconque de l'ordre actuel. — « Il est, disent-ils, des » réactions inévitables, des réactions morales, » enseignantes, magistrales, vengeresses. Si le » monarque qui nous initia à la liberté a payé » dans ses qualités le despotisme de Louis XIV » et la corruption de Louis XV, peut-on croire » que la dette contractée par *Égalité* à l'écha- » faud du roi innocent ne sera pas acquittée? » *Égalité,* en perdant la vie, n'a rien expié : le » pleur du dernier moment ne rachète per- » sonne; larmes de la peur, qui ne mouillent » que la poitrine et ne tombent pas sur la cons-

» cience ! Quoi ! la race d'Orléans pourrait régner du droit des crimes et des vices de ses aïeux ! Où serait donc la Providence ? Jamais plus effroyable tentation n'aurait ébranlé la vertu, accusé la justice éternelle, insulté l'existence de Dieu. »

» J'ai entendu faire ces raisonnements ; mais faut-il en conclure que le sceptre du 9 août va tout à l'heure se briser ?

» En s'élevant dans l'ordre universel, le règne de Louis-Philippe n'est qu'une apparente anomalie, qu'une infraction non réelle aux lois de la morale et de l'équité. Elles sont violées, ces lois, dans un sens borné et relatif ; elles sont suivies dans un sens illimité et général. D'une énormité consentie de Dieu, je tire une conséquence plus haute ; j'en déduis la preuve *chrétienne* de l'abolition de la royauté en France ; c'est cette abolition même et non un châtiment individuel qui sera l'expiation de la mort de Louis XVI. Nul ne sera admis, après ce juste, à ceindre solidement le diadème : Napoléon l'a vu tomber de son front, malgré ses victoires ; Charles X, malgré sa piété ! Pour achever de discréditer la couronne aux yeux des peuples, il aura été permis au fils du régicide de se coucher un moment en faux roi dans le lit sanglant du martyr, »

Remarquons en passant que ceci a été publié il y a trente-huit ans, en plein règne de Louis-Philippe, dans la grande *Revue des Deux-Mondes* (15 avril 1834), avant la chute de la royauté de juillet et celle du trône de Napoléon III. Le gouvernement du 9 août ne paraissait cependant pas, à M. de Chateaubriand, devoir immédiatement commettre « la faute qui tue », et il n'en prévoyait pas le terme de sitôt.

« Mais, après tout, dit-il (et c'est ici que sa pensée s'élève et plane dans les hautes régions), il faudra s'en aller. Qu'est-ce que trois, quatre, six, dix, vingt années dans la vie d'un peuple? L'ancienne société périt avec la politique dont elle est sortie. A Rome, le règne de l'homme fut substitué à celui de la loi par César; on passa de la République à l'Empire. La révolution se résume aujourd'hui en sens contraire : la loi détrône l'homme; on passe de la royauté à la République. L'ère des peuples est venue; reste à savoir comment elle sera remplie.

» Il faudra d'abord que l'Europe se nivelle dans un même système. On ne peut supposer un gouvernement représentatif en France, et des monarchies absolues autour de ce gouvernement. Pour arriver là, il est trop probable qu'on subira des guerres étrangères, et qu'on traversera à l'intérieur une double anarchie morale et physique.

» Quand il ne s'agirait que de la seule propriété, n'y touchera-t-on point? Restera-t-elle distribuée comme elle l'est? Une société où des individus ont deux millions de revenu, tandis que d'autres sont réduits à remplir leurs bouges de monceaux de pourriture pour y ramasser des vers, vers qui, vendus aux pêcheurs, sont le seul moyen d'existence de ces familles elles-mêmes autochthones du fumier, une telle société peut-elle rester stationnaire sur de tels fondements au milieu du progrès général des idées?

» Mais si l'on touche à la propriété, il en résultera des bouleversements immenses, qui ne s'accompliront pas sans effusion de sang. La loi du sang et du sacrifice est partout : Dieu a livré son fils aux clous de la croix, pour renouveler l'ordre de l'univers. Avant qu'un nouveau droit soit sorti de ce chaos, les astres se seront souvent levés et couchés. Dix-huit cents ans depuis l'ère chrétienne n'ont pas suffi à l'abolition de l'esclavage; il n'y a encore qu'une très-petite partie accomplie de la mission évangélique.

» Ces calculs ne vont point à l'impatience des Français; jamais, dans les révolutions qu'ils ont faites, ils n'ont admis l'élément du temps; c'est pourquoi ils seront toujours ébahis des résultats contraires à leurs espérances. Tandis qu'ils bouleversent, le temps arrange; il met de l'ordre dans le désordre, rejette le fruit vert, détache le fruit mûr, sasse et crible les hommes, les mœurs et les idées.

» La société moderne a mis dix siècles à se composer; maintenant elle se décompose. Les générations du moyen-âge étaient vigoureuses parce qu'elles étaient dans la progression ascendante; nous, nous sommes débiles parce que nous sommes dans la progression descendante. Ce monde décroissant ne reprendra de force que quand il aura atteint le dernier degré d'où il commencera à remonter vers une nouvelle vie. Nous ne sommes que des générations de passage; générations intermédiaires, obscures, vouées à l'oubli, formant la chaîne pour atteindre les mains qui cueilleront l'avenir.

. . . .

«Respectant le malheur et me respectant moi-même, respectant ce que j'ai servi, et ce que je continuerai à servir au prix du repos de mes vieux jours, je craindrais de prononcer vivant un mot qui pût blesser des infortunes ou même détruire des chimères. Mais, quand je ne serai plus, mes sacrifices donneront à ma tombe le droit de dire la vérité. Mes devoirs seront changés; l'intérêt de ma patrie l'emportera sur les engagements de l'honneur, dont je serai délié. Aux Bourbons appartient ma vie; à mon pays appartient ma mort. Prophète en quittant le monde, je trace mes prédictions sur mes heures tombantes; feuilles séchées et légères que le souffle de l'éternité aura bientôt emportées.

« S'il était vrai que les hautes races des rois, refusant de s'éclairer, approchassent du terme de leur puissance, ne serait-il pas mieux, dans leur intérêt historique, que, par une fin digne de leur grandeur, elles se retirassent dans la sainte nuit du passé avec les siècles? Prolonger sa vie au-delà d'une éclatante illustration ne vaut rien; le monde se lasse de vous et de votre bruit; il vous en veut d'être toujours là pour l'entendre. Alexandre, César, ont disparu selon les règles de la gloire : pour mourir beau, il faut mourir jeune. Ne faites pas dire aux enfants du printemps : « Comment! c'est là cette renommée, cette personne, cette race à qui le monde battait des mains, dont on aurait payé un cheveu, un sourire, un regard du sacrifice de la vie! » Qu'il est triste de voir le vieux Louis XIV, étranger aux générations nouvelles, ne trouver plus auprès de lui,pour parler de son siècle, que le vieux duc de Villeroi! Ce fut une dernière victoire du grand Condé en radotage d'avoir, au bord de sa fosse, rencontré Bossuet : l'orateur ranima les eaux muettes de Chantilly; avec l'enfance du vieillard, il repétrit son adolescence; il rebrunit les cheveux sur le front du vainqueur de Rocroi, en disant, lui Bossuet, un immortel adieu à ses cheveux blancs. Hommes qui aimez la gloire, soignez votre tombeau; couchez-vous y bien; tâchez d'y faire bonne figure, car vous y resterez! »

II

Revenant sur ces idées, qui travaillaient son esprit, M. de Chateaubriand les a exprimées avec plus de force encore, s'il est possible, en 1836, dans les *Considérations* dont il a fait précéder sa traduction du *Paradis perdu* de Milton. Écoutons encore cette grande voix. M. de Chateaubriand devient de plus en plus précis.

« La société, telle qu'elle est aujourd'hui, n'existera pas : à mesure que l'instruction descend dans les classes inférieures, celles-ci découvrent la plaie secrète qui ronge l'ordre social depuis le commencement du monde ; plaie qui est la cause de tous les malaises et de toutes les agitations populaires. La trop grande inégalité des conditions et des fortunes a pu se supporter tant qu'elle a été cachée d'un côté par l'ignorance, de l'autre par l'organisation factice de la cité ; mais aussitôt que cette inégalité est généralement aperçue, le coup mortel est porté.

» Recomposez, si vous le pouvez, les fictions aristocratiques ; essayez de persuader au pauvre, quand il saura lire, au pauvre à qui la parole est portée chaque jour par la presse de ville en ville, de village en village ; essayez de persuader à ce pauvre, possédant les mêmes lumières et la même intelligence que vous, qu'il doit se soumettre à toutes les privations, tandis que tel homme, son voisin, a, sans travail, mille fois le superflu de la vie ; vos efforts seront inutiles ; ne demandez pas à la foule des vertus au-delà de la nature.

» Le développement matériel de la société accroîtra le développement des esprits. Lorsque la vapeur sera perfectionnée, lorsque, unie aux télégraphes et aux chemins de fer, elle aura fait disparaître les distances, ce ne seront pas seulement les marchandises qui voyageront d'un bout du globe à l'autre avec la rapidité de l'éclair, mais encore les idées.

» Quand les barrières fiscales et commerciales auront été abolies entre les divers États, comme elles le sont déjà entre les provinces d'un même État; quand le *salaire,* qui n'est que *l'esclavage* prolongé, se sera émancipé à l'aide de l'égalité établie entre le producteur et le consommateur; quand les divers pays, prenant les mœurs les uns des autres, abandonnant les préjugés nationaux, les vieilles idées de suprématie et de conquête, tendront à l'unité des peuples, par quel moyen ferez-vous rétrograder la société vers des principes épuisés? Bonaparte lui-même ne l'a pu : l'Égalité et la Liberté, auxquelles il opposa la barre inflexible de son génie, ont repris leurs cours et emportent ses œuvres; le monde de force qu'il créa s'évanouit; ses institutions défaillent; la lumière qu'il fit n'était qu'un météore. . . . . .

» Il n'y avait qu'une seule monarchie en Europe, la monarchie française; toutes les autres en étaient filles : toutes s'en iront avec leur mère. Les rois, jusqu'ici, à leur insu, avaient vécu derrière cette monarchie de mille ans, à l'abri d'une race incorporée, pour ainsi dire, avec les siècles. Quand le souffle de la Révolution eut jeté à bas cette race, Bonaparte vint; il soutint les princes chancelants sur des trônes par lui abattus et relevés. Bonaparte passé, les monarques restants vivent tapis dans les ruines du Colisée napoléonien, comme les ermites à qui l'on fait l'aumône dans le Colisée de Rome, mais bientôt ces ruines mêmes leur manqueront.

» Mais quand atteindra-t-on à ce qui doit rester ? Quand la société, composée jadis de familles concentriques, depuis le foyer du laboureur jnsqu'au foyer du roi, se recomposera-t-elle dans un système inconnu, dans un système plus rapproché de la nature, d'après des idées et à l'aide de moyens qui sont à naître ? Dieu le sait. Qui peut calculer la résistance des passions, le froissement des vanités, les perturbations, les accidents de l'histoire? Une guerre survenue, l'apparition à la tête d'un État d'un homme d'esprit ou d'un homme stupide, le plus petit événement peuvent refouler, suspendre ou hâter la marche des nations. Plus d'une fois la mort engourdira des races pleines de feu, versera le silence sur des événements prêts à s'accomplir, comme un peu de neige tombée pendant la nuit fait cesser les bruits d'une grande cité.

. . . .

» Un avenir sera, un avenir puissant, libre dans toute la plénitude de l'égalité évangélique; mais il est loin encore, loin au-delà de tout horizon visible. Avant de toucher au but, avant d'atteindre l'unité des peuples, la démocratie naturelle, il faudra traverser la décomposition sociale, temps d'anarchie, de sang peut-être, d'infirmité certainement. Cette décomposition est commencée; elle n'est pas prête à reproduire, de ses germes non encore assez fermentés, le monde nouveau. »

Et maintenant, qu'on invoque tant qu'on voudra le grand nom de Chateaubriand pour essayer de faire rétrograder la société « vers des principes épuisés. » Nous avons, répétons-le, le dernier mot de Chateaubriand, et ce dernier mot, ce n'est pas seulement la République, c'est plus que la République, c'est l'Égalité passée dans la pratique sociale, pour le plus grand bonheur commun. *Maxima felicitas.*

Ce que M. de Chateaubriand vient de dire de la question sociale jettera, je le crois, le trouble dans quelques esprits, et peut-être dans quelques consciences. Mais il ne sert de rien de l'éluder, de s'en cacher à soi-même la formidable gravité. Toutes les ligues des hommes du drapeau blanc ou des bonnets à poils n'empêcheront pas le genre humain de la poser, de l'agiter, de la résoudre : pacifiquement, si les privilégiés de la fortune et du hasard se montrent moins aveugles, moins entêtés que les rois, et entrent franchement dans la voie loyale de la justice et de l'humanité ; révolutionnairement, si la dureté bourgeoise des cœurs, la peur et l'avarice étroite et triste essaient de fermer carrière au progrès, à l'éducation, à l'amélioration de la race humaine à tous les degrés de l'échelle sociale ; but suprême auquel les justes et les généreux tendent et appellent leurs frères de tous les bouts de l'horizon.

La philosophie et la religion s'accordent à proclamer bien haut ces nécessités de la politique. Le véritable esprit du christianisme ne consiste pas à taire le vrai, le bien, le juste ; mais, au contraire, à y exhorter. Voyez le Christ à l'œuvre. « Il allait faisant le bien ; » mais non de cette façon timide qui laisse le mal se perpétuer sous les étroits et judaïques prétextes de l'égoïsme. Voyez-le agissant directement sur l'empire romain : « Ce vaste empire, dit M. de Chateaubriand, se compose de nations, les unes sauvages, les autres policées, toutes infiniment malheureuses ; la simplicité du Christ pour les premières, ses vertus pour les secondes, pour toutes sa miséridorde et sa charité sont des moyens que le ciel ménage. » (*Génie du Christianisme*, 4e partie, chap. Ier.)

Et ces moyens sont aussi nouveaux qu'efficaces. N'ayez peur qu'il se laisse arrêter par les considérations ordinaires des sociétés que l'égoïsme dévore, par les *droits acquis*, comme on dit, par le respect de la puissance que la force et le hasard ont créée.

« Il choisit ses disciples entre la plus vile po-
» pulace ; il préfère l'esclave au maître, le pau-
» vre au riche, le lépreux à l'homme sain ; tout
» ce qui souffre, tout ce qui a des plaies, tout ce
» qui est abandonné du monde et fui des hom-
» mes, fait ses délices. La puissance et le bon-
» heur sont au contraire éternellement menacés
» par lui ; il renverse les notions communes de
» la morale, il établit des relations nouvelles
» entre les hommes, un nouveau droit des gens,
» une nouvelle foi publique. » (*Génie du Christianisme*, l. c.)

III

Je terminerai ces citations éclatantes par le beau parallèle suivant, publié pour la première fois en 1827 par l'ancien *Globe*. Il témoigne à quel point, longtemps même avant la révolution de juillet, le grand esprit de Châteaubriand avait été touché, malgré tout, de la vérité républicaine.

WASHINGTON ET BONAPARTE

Si l'on compare Washington et Bonaparte, homme à homme, le génie du premier semble d'un vol moins élevé que celui du second. Washington n'appartient pas, comme Bonaparte, à cette race des Alexandre et des César qui dépasse la stature de l'espèce humaine. Rien d'étonnant ne s'attache à sa personne ; il n'est point placé sur un vaste théâtre ; il n'est point aux prises avec les plus habiles capitaines et les plus puissants monarques de son temps ; il ne traverse point les mers ; il ne court point de Memphis à Vienne et de Cadix à Moscou ; il se défend avec une poignée de citoyens sur une terre sans souvenirs et sans célébrité, dans le cercle étroit des foyers domestiques. Il ne livre point de ces combats qui renouvellent les triomphes sanglants d'Arbelle et de Pharsale ; il ne renverse point les trônes pour en recomposer d'autres avec leurs débris ; *il ne met point le pied sur le cou des rois ;* il ne leur fait point dire, sous le vestibule de son palais :

Qu'ils se font trop attendre, et qu'Attila s'ennuie.

Quelque chose de silencieux enveloppe les actions de Washington ; il agit avec lenteur : on dirait qu'il se sent le mandataire de la liberté de l'avenir, et qu'il craint de la compromettre. Ce ne sont pas ses destinées que porte ce héros d'une nouvelle espèce, ce sont celles de son pays ; il ne se permet pas de jouer ce qui ne lui appartient pas. Mais de cette profonde obscurité, que de lumière va jaillir ! Cherchez les bois inconnus où brilla l'épée de Washington, qu'y trouvez-vous? des tombeaux? non! un monde! Washington a laissé les États-Unis pour trophée sur son champ de bataille.

Bonaparte n'a aucun trait de ce grave Américain; il combat sur une vieille terre, environné d'éclat et de bruit; il ne veut créer que sa renommée; il ne se charge que de son propre sort. Il sent que sa mission sera courte, que le torrent qui descend de si haut s'écoulera promptement; il se hâte de jouir et d'abuser de sa gloire comme d'une jeunesse fugitive. A l'instar des Dieux d'Homère, il veut arriver en quatre pas au bout du monde; il paraît sur tous les rivages; il inscrit précipitamment son nom dans les fastes de tous les peuples; il jette en courant des couronnes à sa famille et à ses soldats. Il se dépêche dans ses monuments, dans ses lois, dans ses victoires. Penché sur le monde, d'une main il terrasse les rois, de l'autre il abat le géant révolutionnaire; mais en écrasant l'anarchie, il étouffe la liberté, et finit par perdre la sienne sur son dernier champ de bataille.

Chacun est récompensé selon ses œuvres : Washington élève une nation à l'indépendance; magistrat retiré, il s'endort paisiblement sous son toit paternel, au milieu des regrets de ses compatriotes et de la vénération de tous les peuples.

Bonaparte ravit à une nation son indépendance : empereur déchu, il est précipité dans l'exil, où la frayeur de la terre ne le croit pas assez emprisonné sous la garde de l'Océan. Tant qu'il se débat contre la mort, faible et enchaîné sur un rocher, l'Europe n'ose déposer les armes. Il expire : cette nouvelle, publiée à la porte du palais devant laquelle le conquérant avait fait publier tant de funérailles, n'arrête ni n'étonne le passant : qu'avaient à pleurer les citoyens ?

La République de Washington subsiste ; l'Empire de Bonaparte est détruit : il s'est écoulé entre le premier et le second voyage d'un Français, qui a trouvé une nation reconnaissante là où il avait combattu pour quelques colons opprimés.

Washington et Bonaparte sortirent du sein d'une république : nés tous deux de la liberté, le premier lui a été fidèle ; le second l'a trahie. Leur sort, d'après leur choix, sera différent dans l'avenir.

Le nom de Washington se répandra avec la liberté d'âge en âge ; il marquera le commencement d'une nouvelle ère pour le genre humain.

Le nom de Bonaparte sera redit aussi par les générations futures, mais il ne se rattachera à aucune bénédiction, et servira d'autorité aux oppresseurs, grands ou petits.

Washington a été tout entier le représentant des besoins, des idées, des lumières, des opinions de son époque; il a secondé au lieu de contrarier le mouvement des esprits; il a voulu ce qu'il devait vouloir, la chose même à laquelle il était appelé. De là la cohérence et la perpétuité de son ouvrage. Cet homme, qui frappe peu, parce qu'il est naturel et dans des proportions justes, a confondu son existence avec celle de son pays. Sa gloire est le patrimoine commun de la civilisation croissante; sa renommée l'élève comme un de ces sanctuaires où coule une source intarissable pour le peuple.

Bonaparte pouvait enrichir également le domaine public; il agissait sur la nation la plus civilisée, la plus intelligente, la plus brave, la plus brillante de la terre. Quel serait aujourd'hui le rang occupé par lui dans l'univers, s'il eût joint la magnanimité à ce qu'il avait d'héroïque; si, Washington et Bonaparte à la fois, il eût nommé la liberté héritière de sa gloire!

Mais ce géant démesuré ne liait point complètement ses destinées à celles de ses contemporains; son génie appartenait à l'âge moderne, son ambition était des vieux jours; il ne s'aperçut pas que les miracles de sa vie surpassaient de beaucoup la valeur d'un diadème, et que cet ornement gothique lui siérait mal. Tantôt il faisait un pas avec le siècle, tantôt il reculait vers le passé, et, soit qu'il remontât ou suivît le cours du temps, par sa force prodigieuse il entraînait ou repoussait les flots. Les hommes ne furent à ses yeux qu'un moyen de puissance. Aucune sympathie ne s'établit entre leur bonheur et le sien. Il avait promis de les délivrer, et il les enchaîna ; il s'isola d'eux, ils s'éloignèrent de lui. Les rois d'Égypte plaçaient leurs pyramides funèbres, non pas dans des campagnes florissantes, mais au milieu des sables stériles; ces grands tombeaux s'élèvent comme l'éternité dans la solitude : Bonaparte a bâti à leur image le monument de sa renommée.

Ces retentissantes paroles, et ce qu'on a lu plus haut, résument en quelques pages admirables l'ancien et le nouveau testament de la politique. C'est le vif sentiment des choses de l'homme et de l'humanité qui les a dictées; la raison les sanctionne; l'avenir en achèvera l'accomplissement.

Oui, M. de Châteaubriand est prophète encore en ce beau parallèle. Le nom de Washington, comme le disait là l'illustre écrivain en pleine Restauration, à la barbe des hobereaux royalistes qui se croyaient les maîtres de nos destinées,

« le nom de Washington marquera le commencement d'une ère nouvelle pour le genre humain; » l'ère des républiques; l'ère que nous avons ouverte pour l'Europe, et où l'Europe nous suivra.

CHARLES ROMEY.

P.-S. — Un mot encore sur le motif qui m'a fait publier ces courts fragments si éloquents et si péremptoires.

Persuadé que, quoi qu'on fasse, la République est dans les nécessités définitives de la France et de l'humanité; que toutefois il y a républiques et républiques; que les républiques de l'Amérique du Sud, par exemple, bien que sorties à toujours de la monarchie, comme l'ont prouvé la vaine tentative impériale d'Iturbide au Mexique, et, depuis, la vaine et coupable entreprise anti-républicaine que Maximilien a payée de sa vie, ne ressemblent pas aux Etats-Unis de l'Amérique du Nord; que la sécurité, la prospérité, pour ne parler que de cela, sont d'autant plus grandes, dans une république, qu'on y a davantage l'intelligence, le respect et l'amour des institutions républicaines; que c'est à l'absence de tout élément monarchique que les États-Unis ont dû, dès le début, leur union et l'excellence de leur gouvernement; que si nous savons marcher, d'un pas ferme et sans arrière-pensées, dans les voies ouvertes par la Constitution de 1848, nous ressemblerons aux Etats-Unis, tandis que si nous nous laissons travailler par le regret du passé, par les vieilles idées et les vieilles mœurs de la monarchie, nous ressemblerons aux jeunes républiques de l'Amérique du Sud, par l'agitation et le peu de stabilité ;

Par toutes ces raisons, je voudrais pouvoir faire passer dans l'âme de tous les Français le véritable esprit républicain, et c'est pourquoi je crois faire acte de bon citoyen en publiant ces paroles de vie et de vérité. Je voudrais qu'elles pussent faire sur tous l'effet de paroles d'En-Haut, et convertissent les scribes et les pharisiens du vieux monde politique à la République. Je voudrais, dis-je, que ces paroles de Chateaubriand, que j'aime à publier, fussent pour les vieux païens et les pécheurs endurcis d'ancien régime, thuriféraires traînards du culte des rois, ce que fut pour Augustin la voix qu'il entendit parmi les jardins et les toits fumeux de sa retraite au faubourg de Milan : « ... Il y avait, tout proche du lieu où nous étions, un petit jardin qui faisait partie de notre logis. Le trouble qui m'agitait me porta dans ce jardin qui fut comme le champ de bataille où devaient se livrer les derniers combats que j'avais à soutenir contre moi-même. Me voyant seul, je me jetai à terre sous un figuier, et j'exprimais ma douleur par mes larmes, lorsque j'entendis une voix, comme d'un jeune garçon ou d'une jeune fille, sortir de la maison voisine, voix qui répétait en chantant : PRENDS ET LIS ! PRENDS ET LIS ! Je me demandai en moi-même ce que voulait dire cette voix, et si les enfants n'avaient pas coutume de le mêler dans leurs jeux ou de se dire entre eux quelque chose de semblable : je ne me souvins pas d'avoir jamais rien entendu de pareil. Je retins alors mes larmes, et me relevai de terre où j'avais toujours été prosterné, ne pouvant m'imaginer autre chose, sinon que Dieu me commandait par là d'ouvrir le livre des Épîtres de saint Paul, et d'y lire ce qui me tomberait sous les yeux. Je le fis d'autant plus volontiers, que Pontitien nous avait dit, à Alype et à moi, que saint Antoine, entrant un jour dans l'église comme on y récitait l'Évangile, avait pris pour lui ces paroles qu'on lisait en ce moment : *Si vous voulez être parfaits, allez, vendez ce que vous avez, et le donnez aux pauvres, et vous aurez un trésor dans le ciel; puis venez et me suivez.* Et il crut que Dieu lui parlait lui-même par la bouche de ce lecteur; et, prenant ces paroles à la lettre, il pratiqua exactement ce qu'elles exprimaient. Instruit par un exemple si éclatant et de si grand poids, je retournai à l'instant où j'avais laissé Alype et les Épitres de saint Paul. J'ouvris le livre, et le lisant dans un grand silence et un profond respect, les premières paroles qui se présentèrent à mes yeux furent celles-ci : *Ne vous laissez pas aller aux débauches et aux ivrogneries, aux impudicités et aux dissotions ; mais revêtez-vous de Notre-Seigneur Jésus-Christ, et ne cherchez pas à contenter votre sensualité en satisfaisant ses désirs déréglés.* C'en fut assez et je n'eus pas besoin d'en lire davantage.» (L. VIII, c. 12).

« Prenez et lisez, » dis-je aussi aux gens du monde en leur présentant ceci, et puissiez-vous n'avoir pas besoin d'en lire davantage. Ce n'est pas moi qui vous parle, c'est M. de Chateaubriand. Je souhaite ardemment que cette autorité, l'autorité du génie, touche tous ceux d'entre vous qui ne sont pas encore du nombre des fidèles. Pour cela, il faut que vous l'entendiez, et je viens vous crier à tous, ô mes concitoyens, comme une voix sortant du toit voisin, et comme suscitée de Dieu pour hâter et amener plus promptement la transformation nécessaire, la transformation inévitable : « Prenez et lisez ! »

C. R.

www.ingramcontent.com/pod-product-compliance
Ingram Content Group UK Ltd.
Pitfield, Milton Keynes, MK11 3LW, UK
UKHW021028200726
13857UKWH00004B/1647